AF306239

LE BARON LAFLEUR

OU

LES DERNIERS VALETS

COMÉDIE EN TROIS ACTES, EN VERS

DE

M. CAMILLE DOUCET

(DE L'ACADÉMIE FRANÇAISE.)

PARIS

J. BARBRÉ, ÉDITEUR

BOULEVARD SAINT-MARTIN, 12

1875

Tous droits réservés.

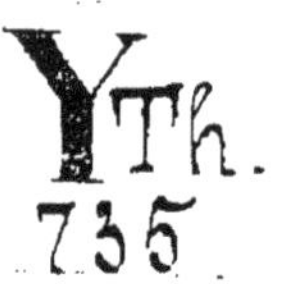

LE BARON LAFLEUR

OU

LES DERNIERS VALETS

COMÉDIE EN TROIS ACTES, EN VERS

Représentée pour la première fois, à Paris, sur le théâtre de l'Odéon,
le 13 décembre 1842.

Reprise au théâtre Français le 11 août 1875.

Y

LE BARON
LAFLEUR

OU

LES DERNIERS VALETS

COMÉDIE EN TROIS ACTES, EN VERS

DE

CAMILLE DOUCET

(DE L'ACADÉMIE FRANÇAISE.)

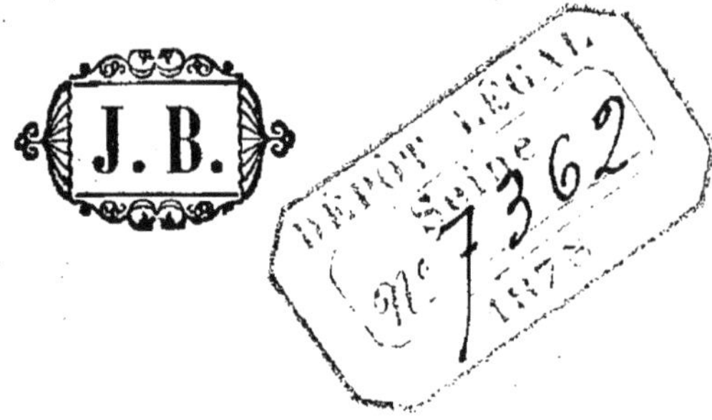

PARIS

J. BARBRÉ, ÉDITEUR

BOULEVARD SAINT-MARTIN, 12

—

1875

PERSONNAGES

		Odéon.		Théâtre-Français
SALMON................	MM.	Louis-Monrose.	MM.	Coquelin.
CHARLE................		Eug. Pierron.		Joumard.
PIERRE DURAND.........		Saint-Léon.		Dupont-Vernon
Un Notaire.............		Rousset.		Joliet.
MADAME DURAND DE SAINTE-URSULE.........	M^{ms}	Weis.	Mlles	Jouassain.
EMMA, sa petite-fille......		Volet.		Martin.
MADEMOISELLE HORLIER.		Berthault.		Dinah-Félix.

(La scène se passe dans une auberge, à Etampes, sous Louis XVI).

LE BARON LAFLEUR

PREMIER ACTE

Le théâtre représente une grande salle d'auberge ; trois portes au
fond, et deux portes de chaque côté ; tables et chaises, à droite ;
guéridon et fauteuil, à gauche.

SCÈNE PREMIÈRE

PIERRE, MADEMOISELLE HORLIER.

PIERRE.

C'est une vieille folle.

MADEMOISELLE HORLIER.

        Oh ! pour cela, d'accord.
Vous la traiteriez mieux que vous lui feriez tort.
Mais vous ne pourrez rien y changer, monsieur Pierre ;
Elle sera toujours d'un grand siècle en arrière ;
Du feu roi Louis XV elle a vu les beaux jours ;
Elle s'y croit encore et s'y croira toujours ;
C'est passé dans le sang ; elle fait de la vie
Un vieux roman d'amour et de chevalerie...
Dans cette auberge-ci, qu'elle appelle un hôtel,
Elle attend que le duc ou bien le comte un tel,
S'amourachant au vol des charmes de sa fille,
Sollicite l'honneur d'entrer dans sa famille...
Depuis près de deux ans qu'elle vit de refus,
Elle en a l'habitude et ne s'en fâche plus.
Quoi qu'il en soit, toujours elle est sur le qui vive :
Dès qu'un noble étranger dans son auberge arrive,
Avec mademoiselle elle se trouve là,
Et d'un air souriant vient vous dire, voilà !
Personne à l'hameçon ne mord... et de plus belle,
Madame à tout venant montre mademoiselle ;

A tout venant veut dire à tout... noble venant ;
Car ce qui n'est pas noble est pour elle néant.

PIERRE.

Et cela lui sied bien.

MADEMOISELLE HORLIER.

        Cela, du moins, l'amuse ;
Et votre tante, au fait...

PIERRE.

        Ma tante est sans excuse :
Qu'elle rêve pour elle à ce qui lui plaira ; .
Toujours on en a ri, toujours on en rira,
Rien de mieux|; qu'un peu plus un peu moins ridicule,
Elle s'appelle ou non Durand de Sainte-Ursule,
Tout cela ne fait rien ; mais ce qui fait beaucoup,
Ce que je trouve mal, ce qu'on blâme partout,
C'est que de ses conseils la fatale influence,
Sur ma cousine Emma, pauvre enfant sans défense,
Produisant chaque jour un plus funeste effet,
La perdra tôt ou tard, si ce n'est déjà fait !
Orpheline au berceau, seule avec sa grand'mère,
En l'imitant Emma sans doute a cru bien faire.
J'aurais voulu qu'étant sans fortune et sans nom,
Elle prit un mari...

MADEMOISELLE HORLIER.

Comme vous ?

PIERRE.

        Oh ! moi !... non.
J'avais tort d'y penser ; c'était une sottise...
J'ai près de quarante ans, et suis sous la remise ;
Si je me mariais... plus tard j'y songerai...

MADEMOISELLE HORLIER.

A la bonne heure.

PIERRE.

Alors je vous en parlerai.
Vous me comprendrez, vous, honnête et brave fille ;
Mais ma cousine Emma, si jeune, si gentille,
Un vieux marin grognon n'est pas ce qu'il lui faut ;
Elle trouvera mieux, mais sans chercher plus haut :
Qu'elle prenne, mon Dieu, puisqu'elle a tant la rage
D'accrocher pour mari quelque oiseau de passage,

Ce jeune voyageur, estimable garçon,
Qui voudrait l'épouser, qui le dit sans façon.

MADEMOISELE HORLIER.

Monsieur Charle?

PIERRE.

Depuis deux mois le pauvre diable
Perd bonnement son temps à faire l'agréable,
Sans que l'on songe même à s'occuper de lui.

MADEMOISELLE HORLIER.

Si vraiment... on l'a mis à la porte aujourd'hui.

PIERRE.

Ah !

MADEMOISELLE HORLIER.

Madame a pensé qu'un homme de son âge
Au baron, qu'elle attend, porterait quelque ombrage ;
Et comme ce baron, dès qu'il nous connaîtra,
De nous offrir sa main bien sûr s'empressera,
Pour hâter son bonheur nous préparons sa perte ;
Mademoiselle Emma, de bijoux faux couverte,
A le bien recevoir travaille en ce moment :
Et déjà pour l'époux on a chassé l'amant.
Si le pauvre baron sain et sauf en réchappe,
Il aura du bonheur.

PIERRE, à part.

Encore un qu'on attrape.

MADEMOISELLE HORLIER.

Les voici... je me sauve.

(A part).

Il souffre et ne dit rien.
Pauvre Pierre... Un mari comme lui m'irait bien !

SCÈNE II

PIERRE, MADAME DURAND, EMMA.

MADAME DURAND.

Admirable ! Divine !... Entrez, baronne !... Pierre,
Qu'en dites-vous ?

PIERRE.

Moi ? rien !

EMMA.

Vous me flattez, grand'mère.

MADAME DURAND.

J'ai des yeux, je te vois, t'admire et te le dis...
Et notre cher baron sera de mon avis,
Je t'en réponds.

EMMA.

J'ai peur...

MADAME DURAND.

Non, crois-en ma promesse.

EMMA.

Et s'il me refusait?

MADAME DURAND.

Je te ferais comtesse!

PIERRE.

Encore!

MADAME DURAND.

Hein!

PIERRE.

Vous jouez, ma tante, un mauvais jeu!

MADAME DURAND.

Plaît-il !

PIERRE

La pauvre enfant, vous la verrez morbleu,
Trop heureuse un jour d'être, en dépit de sa mère,
Femme d'un bon marchand ou de son cousin Pierre.

MADAME DURAND.

D'un marchand! mon Emma la femme d'un marchand!

PIERRE.

Et, s'il s'en présente un, prenez-le sur-le-champ.

MADAME DURAND.

J'aimerais mieux la voir fille toute sa vie!

PIERRE.

Cela pourra bien être...

MADAME DURAND.

Et j'en serai ravie !

Déroger à ce point !

PIERRE.

Déroger!... Ah! non pas.
Le grand-papa Durand était marchand de bas.

MADAME DURAND.

Son grand-père, monsieur, ne fait rien à l'affaire ;
Je le pris, je fis mal, et j'aurais pu mieux faire ;
Emma sera baronne, ou j'y perdrai mon nom.

PIERRE.

Vous perdrez peu de chose.

MADAME DURAND.

            Et qu'il vous plaise ou non,
Je lui donne ce soir, en hymen légitime...

PIERRE.

Ce baron inconnu... voyageur anonyme,
Promis depuis un siècle avec tant de fracas,
Que l'on attend toujours et qui n'arrive pas !

MADAME DURAND.

Il arrive aujourd'hui, j'en reçois la nouvelle :
Ma cousine Bernard, qui l'a logé chez elle,
Me l'écrit. Et, plus tôt que vous ne le croyez...

(A Pierre).

On vient!... C'est lui! sortez!

(A Emma).

         Tiens-toi droite...

PIERRE, montrant Charle.

                      Voyez !

MADAME DURAND, voyant Charle.

Encor cet importun !

EMMA, à part.

        Grands dieux ! c'est M. Charle.

SCÈNE III

PIERRE, MADAME DURAND, EMMA, CHARLE.

CHARLE.

Madame, j'ai...

MADAME DURAND.

    Bonjour.

CHARLE, bas à Emma.

         Il faut que je vous parle,
A vous seule.

MADAME DURAND.

Ainsi donc vous nous quittez ?

CHARLE.

Ce soir ;

Pour la dernière fois j'ai l'honneur de vous voir.

(Bas à Emma)

Ce soir, vous l'entendez, Emma.

EMMA.

Monsieur.

CHARLE, à madame Durand.

Madame...

MADAME DURAND.

S'il vous tombe du ciel en route quelque femme,
Epousez-la, mon cher, croyez-moi.

CHARLE, s'arrêtant.

J'essairai

Votre conseil est sage et j'en profiterai.
Adieu, madame...

(Il sort.)

SCÈNE IV

PIERRE, MADAME DURAND, EMMA,
MADEMOISELLE HORLIER.

MADAME DURAND.

Adieu... Je meurs d'impatience :
Le baron ne vient pas, et la journée avance.

PIERRE.

Vous avez fait encore une école aujourd'hui ;
Ce jeune homme était bien...

MADAME DURAND.

Nous avons mieux que lui !

PIERRE.

Peut-être.

(On entend sonner la cloche qui annonce une arrivée.)

MADAME DURAND.

Entendez-vous ! le voilà... j'en suis sûre.

PIERRE.

Au diable le baron !

MADEMOISELLE HORLIER, entrant.
Madame, une voiture.

MADAME DURAND.

Eh bien ?

MADEMOISELLE HORLIER.

Un beau monsieur qu'à peine j'ai pu voir,
Tant il disparaissait sous un long manteau noir...

MADAME DURAND.

C'est lui !

MADEMOISELLE HORLIER.

Vient d'en sortir... et demande l'hôtesse.

MADAME DURAND.

J'y vais... j'y cours... mais non... j'ai peur si je me presse...
Pierre, allez.
(Il sort.)

SCÈNE V

LES MÊMES, excepté PIERRE.

MADAME DURAND, à Mademoiselle Horlier.

Vous, soyez à l'office, au cellier...
Voyez si rien ne manque aux chambres du premier,
Si tous les lits sont faits, si le dîner s'apprête...
Vite, allez...

MADEMOISELLE HORLIER, à part.
Pauvre femme... elle en perdra la tête !
(Elle sort.)

SCÈNE VI

MADAME DURAND, EMMA.

MADAME DURAND.

Toi, ma fille...

SALMON, dehors.
Très-bien !

MADAME DURAND.
C'est lui.

SCÈNE VII

MADAME DURAND, EMMA, SALMON.

SALMON, en dehors.
Pour le moment,
Je retiens tout l'hôtel...
(Il entre.)
MADAME DURAND.
Charmant !.. Il est charmant !
PIERRE.
Entrez, monsieur, voici madame Sainte-Ursule.
(Il sort.)
SALMON, à part.
C'est bien elle... ma foi, coquette et ridicule,
Le portrait est frappant...
(Haut.)
Madame, j'ai l'honneur
D'être votre valet...
MADAME DURAND.
Monsieur est voyageur ?
SALMON.
Madame de Bernard vous a parlé peut-être...
MADAME DURAND.
En effet, j'aurais dû déjà vous reconnaître...
Mais de vous voir sitôt, je ne me flattais pas,
SALMON.
Je croyais...
MADAME DURAND.
Elle fait de vous le plus grand cas.
SALMON.
Quoi ! vraiment ?
MADAME DURAND.
Très-vraiment.
SALMON, à part.
Ah ! diable !... c'est dommage...
Je noterai cela pour mon prochain voyage...
MADAME DURAND.
Oserai-je, monsieur, demander votre nom ?
SALMON.
Salmon... pour vous servir.

MADAME DURAND.
Plaît-il?
SALMON.

Salmon.

MADAME DURAND.

Salmon !

(A part.)
Ah ! j'oubliais !... ment-il avec effronterie !
A nous deux, cher baron...
(Haut.)
Permettez, je vous prie...
(Elle lui présente Emma.)
C'est ma petite-fille...

SALMON.
Elle est fort bien...
MADAME DURAND.

Pas mal.

SALMON, à part.
Est-ce que nous serions encore en carnaval?
MADAME DURAND.
Pour parler autrement vous êtes trop aimable.
SALMON.
Non pas... je m'y connais, je la trouve adorable !
MADAME DURAND.
Faites-nous donc, monsieur, l'honneur de vous asseoir.
SALMON.
On m'attend.

MADAME DURAND.
Quoi ! déjà... nous vous verrons ce soir ?
SALMON.
Je l'espère...

MADAME DURAND.
Avec nous vous dînez?
SALMON.

Mais, madame...

MADAME DURAND.
Oh ! vous ne pouvez pas refuser une femme...
Vous êtes trop galant, et vous me céderez.
SALMON.
Puisque vous l'exigez, madame...

MADAME DURAND.

Vous viendrez.

SALMON.

J'aurai cet honneur-là.

MADAME DURAND.

Je vous en remercie.

SALMON.

A ce soir donc.

MADAME DURAND, le reconduisant.

Je vais...

SALMON.

Oh! je vous en supplie...

(A part.)
Cette femme a du bon.

MADAME DURAND.

Je vous laisse.

SALMON.

A propos...

Faites-nous pour demain préparer des chevaux.

MADAME DURAND.

Nos meilleurs sont pour vous, monsieur, sans aucun doute.

SALMON.

Demain, avec le jour, nous nous mettons en route.

MADAME DURAND.

Pour aller admirer nôtre charmant pays?

SALMON.

Non, pas précisément... pour aller à Paris.

MADAME DURAND.

A Paris?... Quoi! demain vous partez...

SALMON.

Oui, madame...

Nous partons à regret... mais Paris nous réclame.

(Il sort.)

SCÈNE VIII

MADAME DURAND, EMMA.

MADAME DURAND.

Demain! il part demain! quel affreux embarras!...
Tout est perdu s'il part!... Il ne partira pas!

EMMA.

Mais comment ?

MADAME DURAND.

O mon Dieu !... je... ma tête s'égare...
Si moi-même... oui, je puis... le moyen est bizarre,
Il est désespéré... mais qu'importe ! et d'ailleurs,
Nous n'avons pas le temps d'en chercher de meilleurs.

(Elle s'assied et écrit.)

« A deux heures, venez au grand salon, j'espère
« M'y trouver par hasard... Emma. »

EMMA.

Plaît-il ?

MADAME DURAND.

Rien ! Pierre !...

Silence !... pas un mot !... pas un !

(Elle sort.)

EMMA.

Je le crois bien...
Qu'est-ce que je pourrais dire, je ne sais rien.

SCÈNE IX

EMMA, PIERRE.

PIERRE.

Emma... je vous cherchais... il faut que je vous parle !

EMMA.

Mon Dieu ! qu'avez-vous donc ?

PIERRE.

Je quitte monsieur Charle.

EMMA.

Ah !

PIERRE.

Il vous aime, Emma... peut-être l'aimez-vous...
Vous pouvez franchement l'avouer entre nous...
Voyons ; je vous en prie, un peu de confiance ;
De mon vieux dévoûment croyez l'expérience.
Je ne viens plus pour moi vous parler, désormais
Oubliez, j'y consens, combien je vous aimais.

Qu'est-ce que mon bonheur quand il s'agit du vôtre !...
Je vous demande, Emma, votre main... pour un autre.
Pour ce brave garçon qui veut vous épouser.
Vous ne répondez pas... pourriez-vous refuser ?
J'ai peur de vous comprendre... ô Dieu que vous dirai-je !
Chère Emma, vous marchez ici de piége en piége !
Croyez-moi, j'aurais dû vous le dire plus tôt,
Votre mère vous trompe... elle vous aime trop !
Sa folle ambition vous perdra sans ressource.
Pour arrêter le mal encore dans sa source,
Il faut ouvrir vos yeux, c'est un devoir sacré
Qui me reste à remplir, et je le remplirai.
Lorsque le ciel trop tôt rappela votre père,
J'étais là, près de lui... « Pierre, me dit-il, Pierre,
» Je te donne ma fille... elle a besoin de toi :
» Ma mère la perdrait... »

EMMA.

Monsieur !

PIERRE.

                    Ce n'est pas moi ;
C'est lui... C'est votre père ! écoutez sa parole ;
C'était un homme sage... et votre mère est folle.

EMMA.

Mais...

PIERRE.

    Sur sa fille alors je promis de veiller,
Et je veille !...

SCÈNE X

LES MÊMES, MADEMOISELLE HORLIER.

EMMA.

Que veut mademoiselle Horlier ?

MADEMOISELLE HORLIER.

On vous demande en bas.

EMMA.

Qui donc ?

MADEMOISELLE HORLIER.

> Votre grand'mère.

EMMA.

J'y vais...

PIERRE.

Songez, Emma, songez à votre père.

> (Emma sort.)

MADEMOISELLE HORLIER, à part.

Pauvre Pierre...

PIERRE.

Pourvu qu'il ne soit pas trop tard !

> (Il sort.)

MADEMOISELLE HORLIER.

Mais elle m'a, je crois, lancé certain regard...
Prendrait-il fantaisie à la petite sotte
De se moquer de moi... parbleu, qu'elle s'y frotte !
Je me souviens encor de mon ancien métier ;
Lisette vengerait mademoiselle Horlier.

SCÈNE XI

MADEMOISELLE HORLIER, SALMON.

SALMON.

Holà ! quelqu'un !

MADEMOISELLE HORLIER.

Dieux !

SALMON.

Ciel !

MADEMOISELLE HORLIER.

C'est vous !

SALMON.

C'est toi !

MADEMOISELLE HORLIER.

Moi-même.

Monsieur Lafleur !

SALMON.

Lisette ! ah ! ma joie est extrême !

MADEMOISELLE HORLIER.

Vous êtes donc...

SALMON.

Je suis... furieux contre vous !
Depuis quand l'étiquette a-t-elle cours chez nous ?
Je t'appelle Lisette... ainsi fais-moi la grâce
De m'appeler Lafleur, et viens que je t'embrasse.

MADEMOISELLE HORLIER.

Toujours fat.

SALMON.

Je me sens rajeuni de dix ans...
Dix ans ! t'en souviens-tu ? c'était là le bon temps !

MADEMOISELLE HORLIER.

Lafleur était si gai !

SALMON.

Lisette si gentille !
J'étais bien bon enfant.

MADEMOISELLE HORLIER.

Et moi, bien bonne fille !

SALMON.

Pas trop !

MADEMOISELLE HORLIER.

Vraiment ?

SALMON.

Pas trop !

MADEMOISELLE HORLIER.

Et pourquoi, s'il vous plaît ?

SALMON.

Auriez-vous oublié...

MADEMOISELLE HORLIER.

Quoi donc ?

SALMON.

Certain soufflet...

MADEMOISELLE HORLIER.

Que j'ai donné ?

SALMON.

Que j'ai reçu !

MADEMOISELLE HORLIER.

Toi ?

SALMON.

Je l'avoue;
La main de l'innocence est rude sur la joue.
L'innocence, ma chère, était ton seul défaut.

MADEMOISELLE HORLIER.

Ce n'était pas le tien.

SALMON.

Non... de beaucoup s'en faut.

MADEMOISELLE HORLIER, à part.

Un peu plus honnête homme, il m'eut tourné la tête.

SALMON, à part.

Un peu moins vertueuse, elle eût été parfaite...
(Haut.)
Ah ! ça, dis-moi, pendant ces dix éternités,
Qu'as-tu fait ?

MADEMOISELLE HORLIER.

J'ai vieilli de dix ans.

SALMON.

Vous mentez,
Lisette; vos attraits me prouvent, au contraire,
Que le temps a pour vous marché, mais en arrière.

MADEMOISELLE HORLIER.

Oh ! grâce... épargne-moi ce galimatias
De fades compliments auxquels je ne crois pas :
Si mes quelques attraits...

SALMON.

Quelques est bien modeste,
Trop modeste...

MADEMOISELLE HORLIER.

Je sais fort bien ce qui m'en reste,
Et je ne prétends pas, par abus de raison,
De ma jeunesse ici faire abnégation...
J'ai l'œil vif, le pied leste, et sur mon front sans rides
Je ne vois pas encore un brevet d'invalides ;
Mais enfin l'âge mûr commence ; avant un mois,
J'aurai trente-trois ans...

SALMON.

Trente-deux !

MADEMOISELLE HORLIER.

Trente-trois.
Aussi, ne voulant pas qu'un beau jour la vieillesse
Vint me surprendre, après cinquante ans de jeunesse,
J'ai pris le parti sage, et m'en trouve fort bien.
J'ai dans cette maison un emploi mitoyen ,
Ni trop haut ni trop bas ; maîtresse ni suivante...

SALMON.

Et que diable est-tu donc ?

MADEMOISELLE HORLIER.
Intendante.

SALMON.
Intendante !

MADEMOISELLE HORLIER.
Bref, Lisette, qu'il faut désormais oublier,
Te présente aujourd'hui mademoiselle Horlier.

SALMON.
Mademoiselle Horlier !... le nom est respectable ;
Mais Lisette ! ah ! Lisette était bien plus aimable !

MADEMOISELLE HORLIER.
Que veux-tu... le devoir...

SALMON.
Oui... je sais... Tope là !
Je ne suis plus Lafleur !

MADEMOISELLE HORLIER.
Bah !
SALMON.
Non !
MADEMOISELLE HORLIER.
Comment cela ?

SALMON.

Voyant, de jour en jour, s'effacer sur la terre
Des Frontin, des Lafleur la gloire héréditaire,
Je me suis fait, changeant et d'habit et de nom,
De valet, intendant, et de Lafleur, Salmon.

MADEMOISELLE HORLIER.
Salmon !

SALMON.

Pour te servir, adorable Lisette.

MADEMOISELLE HORLIER.

Peut-être bien !

SALMON.

A toi, des pieds jusqu'à la tête !

MADEMOISELLE HORLIER, à part.

Au fait ! si par son aide...

SALMON.

Item, je suis... (A part.)
Mais non ;
Motus pour cette fois sur madame Salmon ;
Si par hasard Lisette, en avançant en âge,
De sa vertu féroce avait perdu l'usage,
Je pourrais...

MADEMOISELLE HORLIER.

Qu'est-ce donc que tu chantes tout bas ?

SALMON.

Je chante que Lisette a toujours mille appas !
Et que si son honneur, jadis insociable,
Daignait enfin pour moi devenir plus traitable,
Je...

MADEMOISELLE HORLIER.

Tu veux un soufflet ?

SALMON.

Non pas.

MADEMOISELLE HORLIER.

Si...

SALMON.

Doucement !

MADEMOISELLE HORLIER.

Alors, tais-toi !

SALMON.

Mais...

MADEMOISELLE HORLIER.

Non, trève de compliment...
Il n'est pas question de faire ici l'aimable ;
Parlons peu, parlons bien, si la chose est faisable :
Saurais-tu pour un jour redevenir Lafleur ?

SALMON.

Certe !

MADEMOISELLE HORLIER.

Avec ton esprit d'autrefois ?

SALMON.

De grand cœur !

MADEMOISELLE HORLIER

Il s'agit de me rendre un éminent service.

SALMON.

Tu n'as qu'à dire un mot pour que je t'obéisse.

MADEMOISELLE HORLIER.

Écoute-moi : Peut-être as-tu vu ce matin
Notre jeune personne...

SALMON.

Une brune ?

MADEMOISELLE HORLIER.

Oui.

SALMON.

Fort bien !

MADEMOISELLE HORLIER.

Sa grand'mère...

SALMON.

Une vieille ?

MADEMOISELLE HORLIER.

Oui.

SALMON.

Sotte et ridicule,
Qui se fait appeler Durand de Sainte-Ursule,
Et s'appelle Durand tout court... J'ai vu cela.

MADEMOISELLE HORLIER.

Il faut nous amuser à leurs dépens.

SALMON.

Oui-dà !

MADEMOISELLE HORLIER.

Tu n'as pas remarqué, je pense, un nommé Pierre ?

SALMON.

Un beau brun ?

MADEMOISELLE HORLIER.
Juste!... il est petit-fils du beau-frère
De madame Durand...

SALMON.
Son neveu ; j'entends bien.

MADEMOISELLE HORLIER.
Et de Mademoiselle, il est...

SALMON.
Cousin germain !

MADEMOISELLE HORLIER.
Et de plus, amoureux !

SALMON.
A merveille !

MADEMOISELLE HORLIER.
Au contraire ;
Il la veut épouser.

SALMON.
Pauvre homme... il peut le faire !

MADEMOISELLE HORLIER.
Non, elle n'en veut pas.

SALMON.
Mais que t'importe à toi
Qu'elle le prenne ou non ?

MADEMOISELLE HORLIER.
C'est que j'en voudrais, moi.

SALMON.
Toi ?

MADEMOISELLE HORLIER.
Pourquoi pas ?

SALMON, à part.
Au fait, à quoi bon la morale ?
J'ai donné le premier l'exemple du scandale.
(Haut.)
Soit ; après ?

MADEMOISELLE HORLIER.
Sache donc que madame Durand,
Qui croit de saint Louis sortir directement,

A rêvé pour sa fille, en légal mariage,
Quelque homme jeune, riche, et du plus haut lignage.

SALMON.

Peste ! je le crois bien...

MADEMOISELLE HORLIER.

Sitôt que, par bonheur,
Arrive en cet hôtel un noble voyageur,
De pompons, de rubans, par sa mère affublée,
La petite Durand se présente d'emblée,
Et, souriant d'abord au voyageur surpris,
Offre un facile amour dont l'hymen est le prix.

SALMON.

Tudieu !

MADEMOISELLE HORLIER.

Jusques ici, deux ans d'expérience
N'ont pu de leur espoir lasser la patience ;
Mais cela peut venir.

SALMON.

Et, dis-moi, cependant
Que fait notre cousin ?

MADEMOISELLE HORLIER.

Monsieur Pierre? Il attend.

SALMON.

Soyez donc honnête homme !

MADEMOISELLE HORLIER.

Il attend sans se plaindre,
Sans se décourager ; mais je commence à craindre
Que madame Durand ne se décide enfin,
De refus en refus, à lui tendre la main.

SALMON.

Il faut les prévenir !

MADEMOISELLE HORLIER.

Prévenons-les, sans doute.

SALMON.

Mais il faudrait avoir quelque moyen.

MADEMOISELLE HORLIER.
Écoute :
J'en ai deux.

SALMON.
Un suffit, s'il est bon.

MADEMOISELLE HORLIER.
Le premier,
Honnête et difficile, est de la marier.

SALMON.
Le second ?

MADEMOISELLE HORLIER.
Moins honnête, est de la compromettre.

SALMON.
J'aime mieux le second.

MADEMOISELLE HORLIER.
Cependant, si ton maître...
Puisqu'elle lui plaît...

SALMON.
Qui ?

MADEMOISELLE HORLIER.
Mademoiselle Emma...
Tantôt, en un quart d'heure, il vint, la vit, l'aima.

SALMON.
Tu me la bailles belle avec tes raisons bleues !
Mon maître, pour l'instant, est à plus de vingt lieues ;
Il n'est jamais venu dans cette auberge-ci,
N'y viendra que ce soir, et bien tard, Dieu merci ;
Et se soucie autant de ta petite fille,
Que de toi, de la mère et toute la famille.

MADEMOISELLE HORLIER.
Se peut-il ? Mais pourtant il est venu quelqu'un
Sentant la bonne souche, et non pas le commun ;
Quelqu'un qui, descendant d'un brillant équipage,
A fait, en arrivant, grand effet, grand tapage...
Retenu tout l'hôtel pour la prochaine nuit,
Et qui, dans ce salon adroitement conduit,
A vu mademoiselle, et, d'un air agréable,
Dit que la jeune enfant lui semblait adorable.

SALMON.

J'y suis.

MADEMOISELLE HORLIER.

Comment?

SALMON.

Sans doute il est venu quelqu'un
Sentant la bonne souche et non pas le commun ;
Quelqu'un qui, tout d'abord, à la fille, à la mère,
A plu d'une façon à lui très-ordinaire ;
Mais telle qu'à l'instant un honnête valet
Lui remit de leur part certain petit poulet,
Que voici... C'était moi !

MADEMOISELLE HORLIER.

Toi, Lafleur !

SALMON.

Moi, la belle !

MADEMOISELLE HORLIER.

La méprise est heureuse.

SALMON.

Et toute naturelle.

MADEMOISELLE HORLIER.

On te prend pour ton maître.

SALMON.

Et l'on peut s'y tromper ;
N'ai-je pas une mine...

MADEMOISELLE HORLIER.

A tous les attraper !

SALMON.

Eh bien, attrapons-les ! D'un retour de génie
Je me sens embrasé... Ce soir je te marie.
Mais au moins, ton projet...

MADEMOISELLE HORLIER.

Oui, je te le dirai.

SALMON.

Si cependant... (On sonne).

MADEMOISELLE HORLIER.
Plus tard, je te l'expliquerai.
Vite, séparons-nous, de peur qu'on ne soupçonne...
Adieu, Lafleur !

SALMON.
Adieu, ma reine ; adieu, friponne !

MADEMOISELLE HORLIER.
La toile va lever... de l'aplomb !

SALMON.
Toi, des yeux !

MADEMOISELLE HORLIER.
Toi, du nerf !

SALMON.
Toi, du tendre... et de l'esprit tous deux !

MADEMOISELLE HORLIER.
Soyons comme autrefois, toi fripon !

SALMON.
Toi coquette !

MADEMOISELLE HORLIER.
En un mot, toi Lafleur.

SALMON.
En un mot, toi Lisette.
Admirable !

MADEMOISELLE HORLIER.
Charmant !

SALMON.
Salut de tout mon cœur,
A Lisette... Durand !

MADEMOISELLE HORLIER.
Au baron... de Lafleur !

DEUXIÈME ACTE

SCÈNE PREMIÈRE

MADEMOISELLE HORLIER, puis SALMON.

MADEMOISELLE HORLIER.

Où peut-il être ?

(Salmon entre.)

Enfin, te voilà !

SALMON.

Me voici.

Je te cherchais.

MADEMOISELLE HORLIER.

Et moi, je te cherchais aussi.

Tout va très-bien.

SALMON.

Voyons?

MADEMOISELLE HORLIER.

La mère que je quitte,
Depuis que tu l'as vue, enfle de ton mérite.

SALMON.

Je n'en suis pas surpris, c'est preuve de bon goût.

MADEMOISELLE HORLIER.

Ne t'en flatte pas trop... Ce qui lui plaît surtout,
C'est qu'elle croit pouvoir séduire ta sottise,
Et, par le bout du nez, te mener à sa guise.

SALMON.

Voyez-vous ça ! Parbleu, je vous prouverai bien,
Madame, qu'en esprit je ne vous cède en rien...

Vous triomphez d'avance et chantez ma déroute,
Lisette, il faut venger notre honneur mis en doute.
Je t'aidais tout à l'heure ; aide-moi, maintenant...
Confondons notre offense et notre châtiment !
Point de pitié !... D'abord je suis sûr de la mère,
Elle me croit baron et facile à refaire,
C'est déjà quelque chose... après ?

MADEMOISELLE HORLIER.

        Voici mon plan :
Tu n'iras pas ce soir au rendez-vous.

SALMON.

        Pourtant...

MADEMOISELLE HORLIER.

Tu n'iras pas !

SALMON.

   Alors, que faut-il que je fasse ?

MADEMOISELLE HORLIER.

Rien.

SALMON.

 Mais ce rendez-vous ?

MADEMOISELLE HORLIER.

   Un autre t'y remplace.

SALMON.

Qui ça ?

MADEMOISELLE HORLIER.

  Certain monsieur, assez gentil garçon,
Qui depuis deux longs mois loge dans la maison,
Et qu'on soupçonne fort, à le voir si fidèle,
D'un excès d'amitié pour notre demoiselle.

SALMON.

Bien !

MADEMOISELLE HORLIER.

  On ajoute même, et peut-être on a tort,
Que la jeune personne est avec lui d'accord.

SALMON.

Bravo ! la comédie en vaut, ma foi, la peine,

Et pour un voyageur, c'est une bonne aubaine.
Je suis prêt, fais de moi tout ce que tu voudras.

MADEMOISELLE HORLIER.

La lettre ?

SALMON.

La voici... Tu la lui donneras ?

MADEMOISELLE HORLIER.

Oui, toi, soutiens toujours ton noble personnage ;
Tu plais beaucoup, il faut plaire encor davantage,
Pour madame Durand sois des plus empressés ;
Elle te croit déjà séduit, mais pas assez !
Et, voulant d'un seul coup assurer sa conquête,
Elle m'a confié l'honneur de ta défaite.

SALMON.

A toi ?

MADEMOISELLE HORLIER.

Je viens ici te parler eu son nom.

SALMON.

Tu t'acquittes fort bien de la commission.

MADEMOISELLE HORLIER.

Sans doute, j'avais pris mes mesures d'avance,
Et promis de parler en toute conscience.
C'est un moyen adroit de dire, s'il vous plaît,
Au lieu du bien soufflé, tout le mal que l'on sait.
Aussi je ne crois pas manquer à ma parole,
En te disant : Madame est une vieille folle,
Ridicule, coquette, ambitieuse.

SALMON.

Bon !

MADEMOISELLE HORLIER.

Qui date son estime à partir de baron !
Dont l'esprit orgueilleux sans cesse se fatigue
A renouer les fils d'une honteuse intrigue ;
Qui nous attrape tous... et toi, tout le premier,
Qui perd sa fille au lieu de la bien marier,

Et qui la sacrifie à ses calculs infâmes ;
Pour tout dire enfin, c'est...

(Madame Durand paraît au fond).

La meilleure des femmes !

Bonne, franche, sensible, attentive toujours
A nos moindres désirs...

(Bas).

A nos moindres discours !

SALMON, bas.

J'ai compris !

MADEMOISELLE HORLIER.

D'un beau nom, d'une grande famille !

Il sera bien heureux le mari de sa fille.
Comment la trouvez-vous ?

SALMON.

Charmante !

MADEMOISELLE HORLIER.

Dites mieux :

Admirable, divine !... Avez-vous vu ses yeux ?

SALMON.

Superbes !

MADEMOISELLE HORLIER.

Et sa taille !... Avez-vous vu sa taille ?

SALMON.

Fort bien !

MADEMOISELLE HORLIER.

Je n'en sais pas une autre qui la vaille !

Et quel talent, monsieur, avez-vous entendu
Son dernier rondeau ?

SALMON.

Non.

MADEMOISELLE HORLIER.

Ah ! vous avez perdu !

SALMON.

A l'adorable Emma je rends justice entière...
Mais je me sens surtout un faible pour sa mère ;
Elle m'a rappelé ma tante.

MADEMOISELLE HORLIER, bas.

Attendris-toi.

SALMON.

Ah ! quel bien et quel mal elle a produit en moi !

MADEMOISELLE HORLIER, bas.

Pleure un peu.

SALMON, bas.

Tout à l'heure... -

(Haut).

Elle a, par sa présence,
Réveillé dans mon cœur des souvenirs d'enfance ;
Des souvenirs bien doux, et d'autres bien affreux !
Elle m'a reporté vers le lit douloureux
Où je la vis, hélas, cette tante si chère,
Mourir dans un accès...

MADEMOISELLE HORLIER.

De fièvre ?...

SALMON, haut.

Oui.

(Bas).

De colère !

SCÈNE II

SALMON, MADEMOISELLE HORLIER,
MADAME DURAND.

MADAME DURAND.

Je n'y puis plus tenir !

SALMON.

Ah ! Madame, c'est vous !

MADEMOISELLE HORLIER, bas à madame Durand.

Vous arrivez à temps pour porter les grands coups.

SALMON.

Nous parlions tous les deux de vous à l'instant même.

MADAME DURAND.

Vous en disiez du mal?

MADEMOISELLE HORLIER.

Du mal des gens qu'on aime !

SALMON.

Ah ! Madame !

MADEMOISELLE HORLIER.

Monsieur pleurait en me disant
Que vous lui rappeliez un souvenir cuisant.

SALMON.

Un affreux souvenir!... j'ai cru revoir ma tante !
Ne bougez pas... voilà son image charmante,
Ses yeux, son nez, son front... C'est elle trait pour trait ;
J'aimais l'original, j'aimerai le portrait ;
Pardonnez cet aveu

MADAME DURAND.

Comment donc, il m'honore !

SALMON.

Me séparer de vous, c'est la quitter encore !

MADEMOISELLE HORLIER.

Qui vous force à partir?

MADAME DURAND.

Au fait, restez chez nous.

MADEMOISELLE HORLIER.

Nous vous consolerons...

MADAME DURAND.

En pleurant avec vous !

MADEMOISELLE HORLIER.

Le pays est fort beau !

MADAME DURAND.

Sa noblesse excellente !

MADEMOISELLE HORLIER.

Madame vous fera penser à votre tante !

MADAME DURAND.

Ce serait un bonneur de vous en tenir lieu.

SALMON.

Non, j'ai dit au bonheur un éternel adieu.

MADEMOISELLE HORLIER.

Ce qu'il vous faut surtout c'est une bonne femme !

MADAME DURAND.

Nous vous la choisirons.

SALMON.

Que de bontés, Madame !
Je suis prêt à céder à mes émotions...
Vous m'entourez de soins, de consolations ;
Ai-je pu mériter tant de sollicitude ?
Mais mon cœur a besoin un peu de solitude ;
Permettez...

MADAME DURAND, à part.

Je comprends, l'heure du rendez-vous ;

(Haut.)

Je sors; n'oubliez pas que nous comptons sur vous ;
A trois heures au plus la table sera mise.

SALMON.

Vous ne m'attendrez pas.

MADAME DURAND, à part.

Il est pris !

MADEMOISELLE HORLIER, à Salmon.

Elle est prise !

MADAME DURAND.

Mademoiselle Horlier?

MADEMOISELLE HORLIER.

Madame ?

MADAME DURAND.

Suivez-moi.

— (Elle sort.)

SCÈNE III

SALMON, MADEMOISELLE HORLIER.

MADEMOISELLE HORLIER.

J'y vais! Diable, ceci nous dérange.

SALMON.

Pourquoi ?

MADEMOISELLE HORLIER.

Notre amoureux...

SALMON.

Eh bien ?

MADEMOISELLE HORLIER.

Cette maudite lettre...

SALMON.

Donne-la-moi, parbleu ; je vais la lui remettre.

MADEMOISELLE HORLIER.

Tu ne le connais pas.

SALMON.

C'est vrai... dis-moi son nom.

MADEMOISELLE HORLIER.

Charle...

SALMON.

Charle... comment ?

MADEMOISELLE HORLIER.

Charle, voilà tout.

SALMON.

Bon !

Mais ce n'est pas assez pour qu'on le reconnaisse.
Son âge ?

MADEMOISELLE HORLIER.

Vingt-cinq ans.

SALMON.

Bien ; quel genre d'homme est-ce ?

MADEMOISELLE HORLIER.

Un grand, blond, mince, maigre... à cela près pas mal ;
Voilà pour le physique... un sot pour le moral !

SALMON.

Il suffit, je le vois !

MADEMOISELLE HORLIER.

De plus...

SALMON.

C'est inutile ;
Je le reconnaîtrais maintenant entre mille !
Il aura le billet, toi le mari... Va-t'en !

MADEMOISELLE HORLIER.

Je cours te préparer un dîner succulent...
Il n'y manquera rien, nous te traitons en maître !

SALMON

En complice.

MADEMOISELLE HORLIER.

Oui, faquin... Baron, j'ai l'honneur d'être.

(Elle sort.)

SCÈNE IV

SALMON seul.

Allons, Lafleur, allons, aux armes, mon ami !
La guerre est déclarée, et voici l'ennemi !

Ah ! madame Durand de... Sainte-Ridicule !
Vous vous jouez à moi, sans crainte et sans scrupule.
Il vous faut des barons pour votre fille, oui-dà !
Vous n'avez qu'à parler, on vous en donnera !
Et moi qui bonnement, à la ruse inhabile,
Donnais dans le panneau comme un franc imbécile,
Et qui m'extasiais, en toute honnêteté,
Devant les saints devoirs de l'hospitalité !
C'était à mes dépens que l'on prétendait rire,
Et je ne suis qu'un sot contre qui l'on conspire.
Non, pardieu ! Nous verrons qui sera le plus fort ;
J'ai reçu le billet, vous en paierez le port !...
Vous me tendez un piége et complotez ma chute !
Dans vos propres filets vous ferez la culbute.
Vous offrez à mon cœur, un appât des plus doux ;
J'irai, mais en témoin, à votre rendez-vous !
Quant à votre dîner, qui sera bon, j'espère,
Je vous ferai l'honneur d'y prendre part entière ;
Et vous, mon cher, grand, blond, mince et maigre rival,
Je suis au désespoir s'il vous arrive mal ;
Mais Lisette avant tout ! il faut que quelqu'un saute,
Ça vous revient de droit, vous avez fait la faute.
Cachez-vous, ou sinon, morbleu, point de quartier !
Je suis, dans ma colère, homme à le marier.
A moi Crispin, Scapin, Frontin, mes vieux ancêtres,
Que Lafleur aujourd'hui soit digne de ses maîtres !
En avant !
(Il se retourne et voit Charle)

Eh ! parbleu ! Je ne me trompe pas !

SCÈNE V.

SALMON, CHARLE.

CHARLE.

C'est toi, Lafleur ?

SALMON.

Pardon, Monsieur ; parlez plus bas.

3

CHARLE.

C'est vrai... monsieur Salmon.

SALMON.

Pardon ! Pas davantage.

CHARLE.

Et que diable es-tu donc ?

SALMON.

Un baron qui voyage.

CHARLE.

Un baron !

SALMON.

Oui, Monsieur... de nouvelle façon.
On m'a baronisé sans ma permission.

CHARLE.

Je prévois là-dessous quelque ruse, mon drôle.

SALMON.

Seriez-vous assez bon pour y jouer un rôle.

CHARLE.

Qu'est-ce à dire, faquin ?

SALMON.

Un moment, s'il vous plaît !
Autrefois, j'en conviens, je fus votre valet ;
Mais aujourd'hui, Monsieur, je suis votre confrère ;
Je suis baron, mon cher marquis...

CHARLE.

Veux-tu te taire !
Je ne suis plus marquis.

SALMON.

Ah ! bah ! qu'êtes vous donc ?

CHARLE.

Bourgeois, jusqu'à ce soir.

SALMON.

Comme je suis baron ?

CHARLE,

Juste !

SALMON.

Décidément, c'est une épidémie
Qui règne sur les noms dans cette hôtellerie.
Persónne n'a le sien... mais je suis curieux
De savoir quel attrait vous retient en ces lieux.

CHARLE.

Figure-toi, Lafleur, la plus charmante fille...

SALMON.

J'en étais sûr...Cela veut dire : Assez gentille.

CHARLE.

Non ; charmante est le mot. Voici tantôt deux mois
Que je la vis ici pour la première fois...
J'allais faire à Bordeaux un brillant mariage ;
Mon cœur, en la voyant, oublia son voyage,
Je l'aimais et tâchai de lui plaire à tout prix,
J'avais un moyen sûr, étant riche et marquis,
Mais je trouvais plus beau d'être aimé pour moi-même.

SALMON.

Ah! Monsieur, c'est souvent un dangereux système.

CHARLE.

Aussi, j'en fus victime ; ayant caché mon nom,
Quand je parlai d'hymen, on me répondit : Non !

SALMON.

Vraiment !

CHARLE.

Je fus piqué de cette impertinence,
Et ma foi, je n'ai pas ménagé ma vengeance.

SALMON.

Que fîtes vous ?

CHARLE.

Malgré sa peur de déroger,
Elle éprouvait pour moi certain goût passager,

Et, tout en refusant mon indigne alliance,
D'un dédommagement me donna l'espérance.

SALMON.

Très-bien !

CHARLE.

Non, j'aurais dû repousser son amour.

SALMON.

Allons donc !

CHARLE.

Ou, du moins me nommer sans détour.

SALMON.

Bah !

CHARLE.

Vouloir abuser ainsi de l'innocence,
C'est mal...

SALMON.

Cela se fait tous les jours... Mais j'y pense :
Est-ce que par hasard... Attendez donc un peu...
(A part.)
Un grand, blond, mince, maigre et sot... c'est lui parbleu !
Ah ! Lafleur, quelle école ici vous alliez faire.
(Haut.)
Voulez-vous, mon cher maître, un conseil salutaire ?
Partez

CHARLE.

Demain.

SALMON.

Ce soir... et ne revenez pas !

CHARLE.

Pourquoi donc ?

SALMON.

Je vous crois en assez mauvais pas,
Un seul mot peut trahir ce qu'il faut qu'on ignore.

CHARLE.

Je voudrais la revoir,

SALMON.

Mais non.

CHARLE.

Je l'aime encore.

SALMON.

Alors, soyez marquis, on vous la donnera.

CHARLE.

Oui, je sais qu'autrement on me refusera.

SALMON.

Et vous balanceriez à partir au plus vite ;
Etes-vous de ces gens que l'on prend et qu'on quitte ?
Ils se moquent de vous, moquez-vous d'eux... demain
Ils vous feraient l'affront de vous offrir sa main.

CHARLE.

Pourtant.

SALMON.

Ecoutez-donc : En honnête morale,
Il faut jouer toujours une partie égale...
Si l'un va franchement, et le cœur sur la main,
L'autre doit l'imiter et suivre un droit chemin.
Mais s'il veut biaiser et lutter par finesse,
On rend guerre pour guerre, adresse pour adresse ;
On était alliés, on devient ennemis,
Toute ruse est légale et tout moyen permis ;
On ne se connaît plus, on s'observe, on se guette ;
La faute est au joueur, tant pis pour qui l'a faite !
Tout compte ; point d'égards ; si l'un tombe, il est pris ;
L'autre en doit profiter : *Res est stricti juris...*
L'un porte un coup d'estoc, c'est bien ; l'autre l'évite,
C'est mieux ! Vous le jouez, il vous joue ; on est quitte !

CHARLE.

Oui mais...

SALMON.

Comment, monsieur, vous n'êtes pas rendu ?

(A part).

Au fait, tant pis pour lui ; j'ai fait ce que j'ai dû !

Puisque pour le sauver ma morale est stérile,
Que son entêtement au moins nous soit utile.
(Haut.)
Je vous servirai.

CHARLE.

Toi?

SALMON.

Voyons, que voulez-vous ?

CHARLE.

Si je pouvais avoir un dernier rendez-vous.

SALMON.

C'est tout ce qu'il vous faut et vous partez ensuite ?

CHARLE.

Ce soir même.

SALMON.

Comment nommez-vous la petite ?

CHARLE.

Emma.

SALMON.

J'ai votre affaire... On vous attend ici.

CHARLE.

On m'attend !

SALMON.

Croirez-vous le billet que voici...

CHARLE.

Je ne puis concevoir...

SALMON.

C'est bien son écriture?

CHARLE.

Je ne sais...

SALMON.

Mais plus bas, c'est bien sa signature.

CHARLE.

En effet.

SALMON.

C'est à vous qu'il était adressé ?

CHARLE.

Je le crois.

SALMON.

C'est ici que je l'ai ramassé.

CHARLE.

Grands dieux ! s'il fut tombé dans les mains de la mère.

SALMON.

Est-ce heureux que je sois venu pour le soustraire !

CHARLE.

C'est le ciel qui t'envoie !

SALMON.

Irez-vous ?

CHARLE.

Si j'irai ?

Certainement!

SALMON.

Monsieur, c'est bien contre mon gré...
S'il vous arrive mal, je n'en suis pas coupable.

CHARLE.

Je ne crains rien.

SALMON.

Vous seul en serez responsable.

CHARLE.

Sans doute .. Je m'éloigne, et reviendrai bientôt. (Il sort.)

SCÈNE VI

SALMON, puis MADEMOISELLE HORLIER.

SALMON.

A merveille... On croirait qu'il est dans le complot ;
Il y va de tout cœur et la tête baissée ;
Avec de telles gens la ruse est trop aisée,
On n'a pas de mérite.

MADEMOISELLE HORLIER.

Eh bien ?

SALMON.

Il viendra.

MADEMOISELLE HORLIER.

Bon !
Toi, décampe au plus tôt.

SALMON.

Décamper... pourquoi donc ?

MADEMOISELLE HORLIER.

Monsieur Pierre me suit...

SALMON.

Que le diable l'emporte !

MADEMOISELLE HORLIER.

Non pas ; il vient ici pour nous prêter main-forte.

SALMON.

Comment cela ?

MADEMOISELLE HORLIER.

Mon but serait manqué sans lui ;
Il faut avec Emma le brouiller aujourd'hui.
Donc, indirectement, j'ai su lui faire entendre
Qu'elle était en danger, qu'il devait la défendre ;
Que je soupçonnais fort l'aventureux baron
D'être quelque intrigant...

SALMON.

Merci.

MADEMOISELLE HORLIER.

Quelque fripon...

SALMON.

Merci.

MADEMOISELLE HORLIER.

Déshonorant sa noblesse usurpée.

SALMON.

Merci.

MADEMOISELLE HORLIER.
Je ne crois pas m'être beaucoup trompée?

SALMON.
Merci !... de mieux en mieux ! Vous mentez assez bien,
Mademoiselle Horlier... mais cela ne fait rien.

MADEMOISELLE HORLIER.
Il vient... dans quelque coin il se cache, il écoute...

SALMON.
Et ce qu'il entendra, Dieu le sait !

MADEMOISELLE HORLIER.
Je m'en doute.

SALMON.
Lisette, ce tour-là doit se récompenser,
Il nous honore tous et je veux... t'embrasser.

MADEMOISELLE HORLIER.
Plus tard ; j'entends marcher.

SALMON.
C'est lui !

MADEMOISELLE HORLIER.
Vite, détale.

SALMON.
Pour être au premier rang, je vais garder ma stalle.
Où me placer, là ?

MADEMOISELLE HORLIER.
Non ; c'est ma chambre.

SALMON.
Tant mieux.

MADEMOISELLE HORLIER.
Du tout, c'est un passage.

SALMON.
Un passage, grands dieux !

MADEMOISELLE HORLIER, ouvrant la porte d'un cabinet au fond
à droite.
Lorsque j'aurai le temps de me mettre en colère,
Nous verrons. Mets-toi là.

SALMON.

C'est bien noir !

MADEMOISELLE HORLIER.

Au contraire.

SALMON.

Mais je n'entendrai rien !

MADEMOISELLE HORLIER.

Si fait.

SALMON.

Je suis dedans.

Parle un peu.

MADEMOISELLE HORLIER.

Le baron est un faquin.

SALMON.

J'entends!

MADEMOISELLE HORLIER.

Et d'un. Pierre viendra, je n'en suis pas en peine ;
Moi je me cache ici pour surveiller la scène,
Et porter des secours dans un cas imprévu.
C'est lui ! bien... Et de deux...

    (Elle entre dans le cabinet de gauche, au fond.)

SCÈNE VII.

PIERRE, seul.

Personne ne m'a vu.
Il le faut... Je ne puis laisser son innocence
Aux mains d'un inconnu se livrer sans défense.
C'est à moi de veiller sur elle... Oui, je le dois...
... Ah ! madame Durand, quelle faute.

(Il entre dans le cabinet à gauche. Mademoiselle Horlier et Salmon ouvrent
leur porte et causent à demi-voix.)

MADEMOISELLE HORLIER.

Et de trois !

SALMON.

Lisette, il est sublime, et fera ton affaire ;
C'est l'homme qu'il te faut... Tu l'auras.

MADEMOISELLE HORLIER.

Chut ! la mère !

(Ils referment leurs portes.)

SCÈNE VIII

MADAME DURAND, EMMA.

MADAME DURAND.

Mais non... rassure-toi... puisque je serai là ;
Sois tranquille, tu n'as qu'à sonner... me voilà !

EMMA.

Mais comment expliquer le billet qui l'invite
A me faire en secret cette étrange visite ?

MADAME DURAND.

C'est très-simple... il était pour un autre... un parent
Voilà tout... On eût tort en le lui remettant.

EMMA.

Et vous croyez...

MADAME DURAND.

Je crois que le ciel nous seconde ;
C'est l'homme le plus faible et le meilleur du monde ;
Pour décider son cœur fort amoureux de toi,
Tu n'as qu'à lui parler de sa tante et de moi !
Je descends et remonte.

(Elle sort Emma est sur le devant de la scène, Salmon et mademoiselle
Horlier ouvrent leurs portes et causent à demi-voix.)

SCÈNE IX

EMMA, SALMON, MADEMOISELLE HORLIER.

SALMON.
Eh bien ?

MADEMOISELLE HORLIER.

Elle est partie.

SALMON.

Notre amoureux est là qui guette sa sortie.

MADEMOISELLE HORLIER.

Bravo !

SALMON.

Bravissimo !

(Ils referment leurs portes.)

EMMA, se retournant.

Hein? Quoi... non, ce n'est rien.
Tout m'effraie et me dit que je ne fais pas bien.

SCÈNE X

EMMA, CHARLE, SALMON, MADEMOISELLE HORLIER.

CHARLE, à part.

C'est elle !

EMMA, à part.

Je l'entends !

MADEMOISELLE HORLIER, sort de sa cachette, et met le verrou. (A
Salmon.)

La vieille est à la porte ;

Et de quatre !

CHARLE, à part.

J'ai tort, mais mon amour l'emporte.

EMMA, à part.

Il approche... Grands dieux !

CHARLE.

Chère Emma, ne crains rien.

C'est moi.

EMMA.

Charle !... Monsieur !...

CHARLE.
                    Quel bonheur est le mien !
EMMA.

Si ma mère... Sortez .. Ah ! je serais perdue !
CHARLE.

Sois tranquille...
EMMA, montrant la porte.
Elle est là !
CHARLE.

                    Non, elle est descendue...
J'attendais son départ, je l'ai vue ; elle est loin ;
Nous pouvons nous parler sans peur et sans témoin.
Je t'accusais pourtant, et je croyais comprendre
Que ton cœur à mes vœux refusait de se rendre.
EMMA.

Mais, Monsieur...

CHARLE.

                    Je partais... j'étais au désespoir,
Quand j'apprends qu'en secret ici je puis te voir ;
Quand cette lettre...

EMMA.
                    O ciel !
CHARLE.
                    Entre mes mains rendue.
M'annonce pour ce soir cette heureuse entrevue ;

EMMA.

Cette lettre... Que faire... Oh ! quelle indignité !
Charle, vous apprendrez toute la vérité !
Rendez-moi mon serment et reprenez le vôtre.
Cette lettre, elle était...

CHARLE.
Elle était...
EMMA.
                    Pour un autre.
CHARLE.

Un autre !

EMMA.

Un grand seigneur qui me veut épouser ;
Moi, je ne sais que faire et comment refuser ;
Je ne puis qu'obéir... quand ma grand'mère ordonne.
C'était... pour mon bonheur...

CHARLE.

Pour vous faire baronne !

EMMA.

Il faut... il faut céder.

CHARLE.

Que dites-vous ?

EMMA.

Ce soir,
Nous nous séparerons pour ne plus nous revoir.

CHARLE.

C'est vous qui m'imposez un départ..,

EMMA.

Nécessaire...
Nous n'obtiendrons jamais l'aveu de ma grand'mère.

CHARLE.

Eh bien, puisqu'il le faut, je vais vous obéir ;
Vous m'avez renvoyé ; je suis prêt à partir.
On se fatigue enfin, Emma, de se soumettre
A des conditions qu'on remplirait peut-être ;
On impose silence à son cœur offensé,
On tâche d'oublier un espoir insensé ;
On part... Mais pour avoir sa fierté satisfaite,
Pour laisser un regret à celle qu'on regrette.
On lui dit : Vous vouliez un beau nom, des aïeux,
De la fortune, un titre... Eh bien, je suis. .

(Pendant toute la tirade de Charle, Salmon et mademoiselle Horlier ont ouvert
leurs portes, écouté et fait des gestes d'improbation ou d'approbation. Au
moment où Charle va se nommer, Sa'mon fait signe à mademoiselle Horlier de sonner. Ils sonnent tous deux.)

EMMA.

Grands dieux !

CHARLE.

Quel est ce bruit !

MADAME DURAND.

Ouvrez !

EMMA.

Ma mère !

MADAME DURAND.

Ouvrez !

EMMA.

Que faire ?

Je vous le disais bien...

SCÈNE XI

EMMA, CHARLE, PIERRE, MADAME DURAND,
puis SALMON, MADEMOISELLE HORLIER.

PIERRE.

Ouvrez à votre mère.

EMMA.

Vous étiez là !

PIERRE.

Silence !

(Il va ouvrir.)

Entrez.

MADAME DURAND.

Ce n'est pas lui !

(A Pierre.)

Me direz-vous, Monsieur, ce qui se passe ici ?

PIERRE.

Oui, madame.

MADAME DURAND.

Pourquoi cette porte fermée ?

CHARLE, à part.

C'est un piége.

PIERRE.

De tout vous serez informée ;
C'est moi seul...

MADAME DURAND.

De quel droit, s'il vous plaît, osez-vous
Protéger sans mon ordre un pareil rendez-vous ?

PIERRE.

Je ne protége rien de coupable, madame ;
Monsieur me demandait votre fille pour femme.

MADAME DURAND.

Qu'est-ce à dire ?

PIERRE.

Monsieur est un homme d'honneur ;
D'Emma, soyez-en sûre, il fera le bonheur.

MADAME DURAND.

Je trouve bien plaisant que votre impertinence
Vienne approuver céans un projet qui m'offense.
J'ai refusé...

PIERRE.

C'est vrai. Mais, par vous repoussé,
Monsieur, pour vous fléchir à moi s'est adressé.
Il aime votre fille, et craindrait de vous dire
Toute la vérité qu'en son cœur j'ai su lire.
Mais moi, je la connais ; un refus rigoureux
Ferait, n'en doutez pas, au moins un malheureux.
Si votre fille aimait à l'insu d'elle-même !

MADAME DURAND.

Ma fille !

EMMA.

Mais, Monsieur...

PIERRE, à Emma.

Vous l'aimez !

(A madame Durand.)

Elle l'aime !

MADAME DURAND.

Allons, c'est impossible... et j'admire comment
J'ai pu vous écouter aussi patiemment.
Ma fille, pour aimer telle ou telle personne,
Attend qu'un mari vienne et que sa mère ordonne.

PIERRE.

Le cœur n'obéit pas; le sien parle aujourd'hui,
Et tous vos beaux discours ne peuvent rien sur lui.
Songez qu'en refusant vous la perdez peut-être.

MADAME DURAND.

Hein ?

PIERRE.

Vous la perdez !

SALMON, au fond.

Diable ! il est temps de paraître.

(Haut.)
Parbleu, je vous cherchais.

MADAME DURAND, à part.

Que vois-je, le baron !

Et j'allais...

PIERRE.

Eh bien ?

MADAME DURAND.
Non.

PIERRE.
Pourtant ?

MADAME DURAND.

Mille fois non !

PIERRE.

Mais...

MADAME DURAND.

Taisez-vous !

SALMON.

J'arrive au moment favorable ;
Trois heures vont sonner.

MADEMOISELLE HORLIER, au fond.

La soupe est sur la table.

SALMON, bas à Charle.

Eh bien, Monsieur...

CHARLE.

Fais-moi préparer des chevaux.

SALMON.

Vous partez?

CHARLE.

A l'instant.

SALMON.

Pour Paris ?

CHARLE.

Pour Bordeaux.

SALMON.

Bien !

PIERRE, à madame Durand.

Mais comprenez donc.

MADAME DURAND, à Pierre.

Je ne veux pas compr

(A Salmon.)
Le dîner nous attend.

SALMON.

Il ne doit pas attendre.

A table !

(Il prend la main de madame Durand et celle d'Emma.

PIERRE.

Un mot, Emma, de grâce, un mot d'espoir.

(Emma ne répond rien. Salmon l'emmène).

CHARLE, à part.

Dans une heure je pars.

PIERRE, à part.

Je partirai ce soir !

TROISIÈME ACTE

SCÈNE PREMIERE

CHARLE, SALMON.

SALMON, portant la valise de Charle.

Déménager gratis serait assez piquant ;
Mais non ! Je paierai tout demain en m'embarquant.
La voiture s'apprête, il faut ici l'attendre,
On viendra m'avertir quand nous pourrons descendre.
Vous en voilà dehors... et grâce à qui ?

CHARLE.

Ma foi,
Je ne savais que faire et j'étais pris sans toi.

SALMON.

Du vertueux cousin le vertueux langage
Avait au pied du mur réduit votre courage.
Mais je veillais sur vous.

CHARLE.

Tu te vantes, fripon !

SALMON.

Vous n'êtes pas parti... si le moindre soupçon...

CHARLE.

Penses-tu qu'on en ait ?

SALMON.

Pas encore... au contraire ;
J'absorbe entièrement et la fille et la mère !
Me croyant grand seigneur, on me prend pour un sot,
Et je viens de subir l'honneur d'un double assaut :

Pour aider l'action des sentiments intimes,
On m'avait mis à table entre mes deux victimes,
Qui, chacune à leur tour, m'assiégeant sans pitié,
M'ont fait voir qu'à jamais vous êtes oublié !

CHARLE.

Je doute encor qu'Emma...

SALMON.

       La petite friponne,
Pour mieux accaparer son titre de baronne,
Contre mon faible cœur, qui résistait en vain,
S'armait de ses beaux yeux et de son meilleur vin ;
Épuisait l'arsenal des ruses féminines,
Et chauffait le bordeaux d'œillades assassines !
La mère, cependant, rivalisant de soins,
Gardait l'autre côté, devinait mes besoins,
Surveillait mon assiette, et ses mains attentives
Faisaient pleuvoir chez moi la truffe et les olives.
J'étais dans l'épinette, et, sans me déranger,
J'avais pour boire à gauche, à droite pour manger ;
C'était attendrissant... Moi, par reconnaissance,
De tous les vieux bons mots dont j'avais souvenance,
J'usais en leur honneur le répertoire entier ;
Les sottes y mordaient sans se faire prier,
Et dans les compliments d'un hôte parasite
Ne voyaient qu'un hommage offert à leur mérite.
Si bien que, par la mère en secret averti,
Le notaire arrivait lorsque je suis sorti !

CHARLE.

Je dois donc m'éloigner ?

SALMON.

      Sans doute, et vos scrupules
Seraient hors de saison et même ridicules.
La mère est une folle... et la fille, demain,
Sans un regret pour vous me donnerait sa main ;
Il faut les oublier.

CHARLE.

Pourtant...

SALMON.

Laissez-moi faire ;
Je me charge, monsieur, d'arranger votre affaire.

CHARLE.

Au moins, tu leur diras...

SALMON.

Oui, je le leur dirai.

CHARLE.

Et cette lettre...

SALMON.

Bon, je la leur remettrai.
Eh ! mon Dieu, n'ayez donc aucune inquiétude...
De semblables échecs elles ont l'habitude.

CHARLE.

Je te suis.

SALMON.

Permettez ; mademoiselle Horlier
Fait pour nous sentinelle au bas de l'escalier,
Et nous avertira du moment favorable.

CHARLE.

Elle est dans le secret ?

SALMON.

C'était indispensable.

CHARLE.

Mais me réponds-tu d'elle et de sa bonne foi ?

SALMON.

C'est une brave fille.

SCÈNE II.

CHARLE, SALMON, MADEMOISELLE HORLIER.

MADEMOISELLE HORLIER, entrant à gauche.

Ah ! l'on parle de moi !

SALMON.

Lisette... car son nom de famille es' Lisette ,
Est, au dire de tous, la plus pure soubrette.
Je ne pourrais, malgré ma bonne volonté,
De la moindre faveur ternir sa pureté.

MADEMOISELLE HORLIER, à part.

Plaît-il?
      (Haut.)
    Que dis-tu là?

SALMON.

        Vertueuse Lisette,
Je dis que la vertu te fait tourner la tête ;
Qu'à ta confection le ciel mit tous ses soins,
Et te fit plus d'honneur qu'à trois ou quatre au moins;
Mais le temps qui nous presse empêche qu'on s'explique ;
Remettons à demain pour ton panégyrique,
L'important aujourd'hui c'est d'être trois contre un,
Et de tomber d'accord sur l'ennemi commun.

MADEMOISELLE HORLIER.

Tout est prêt.

SALMON.

   La voiture ?

MADEMOISELLE HORLIER.

    Est en bas.

SALMON.

        Bien... la mère?

MADEMOISELLE HORLIER.

Des clauses du contrat cause avec le notaire.

CHARLE.

La fille?

MADEMOISELLE HORLIER.

   En souriant consulte son miroir,
Prend des airs de baronne et s'instruit pour ce soir.

SALMON.

Le cousin?

MADEMOISELLE HORLIER.

Pour partir prépare son bagage.

SALMON.

Il nous quitte ?

MADEMOISELLE HORLIER.

Hélas! oui.

SALMON.

Tu seras du voyage!

MADEMOISELLE HORLIER.

Hélas! non.

SALMON.

Il le faut.

MADEMOISELLE HORLIER.

Il est désespéré !

SALMON.

Tant mieux! qu'il soit ici lorsque je reviendrai ;
Je t'en réponds... Monsieur...

CHARLE, offrant sa bourse.

Je veux, belle Lisette...

SALMON, la prenant.

Fi, je me chargerai d'acquitter votre dette!
Je couche ici ce soir, et demain nous comptons.
Elle n'y perdra rien.

(A part.)

Ni moi non plus.

(Hau'.)

Sortons.

(I's sortent à gauche.)

SCÈNE III

MADEMOISELLE HORLIER, seule.

Quel fripon ! mais ma foi, ce fripon m'est utile
J'aurais tort de vouloir faire la difficile ;

Donc, je le laisse agir, prête à dire merci,
Lorsque, morale ou non, il aura réussi.
Je ne vois pas d'ailleurs que pour le cousin Pierre
Ce mariage soit une méchante affaire :
En faisant mon bonheur je fais aussi le sien ;
Tout s'y trouve, âge, humeur, probité... Quant au bien,
Il en a trop pour un, moi pas assez pour une ;
Cela fait à nous deux une honnête fortune.

SCÈNE IV.

MADAME DURAND, EMMA, MADEMOISELLE HORLIER, LE NOTAIRE.

MADAME DURAND, à Emma.

Allez, notaire, allez ; comment il n'a rien dit !
Depuis son arrivée, il vante ton esprit,
Ta fraîcheur, tes beaux yeux, ta grâce, ton sourire,
Il te trouve adorable... et c'est là ne rien dire !
Aussi, sans plus tarder...

(Salmon paraît.)

Eh ! c'est lui ! Venez donc !
Je vous cherchais partout. Ce cher monsieur Salmon !

SCÈNE V.

LES MÊMES, SALMON.

SALMON.

Vous me cherchiez... Mon Dieu, combien je suis coupable !
Parlez, de grâce, en quoi vous puis-je être agréable ?

MADAME DURAND.

Monsieur Salmon...

SALMON.

Plaît-il ?

MADAME DURAND.

Vous allez vous fâcher ?

SALMON.

Jamais !

MADAME DURAND.

Je suis trop franche, et ne puis rien cacher ;
Ce que j'ai sur le cœur il faut que je le dise,
Et j'espère de vous une même franchise...

SALMON.

La même, exactement.

MADAME DURAND.

Pendant tout le dîner
Ma tendresse de mère a su vous deviner ;
J'ai lu dans vos regards le trouble de votre âme.

MADEMOISELLE HORLIER, à part.

Nous y voilà...

MADAME DURAND.

J'ai tout compris.

SALMON.

Comment, madame ?

MADAME DURAND.

Ne vous défendez pas d'un sentiment flatteur...
L'amour d'un galant homme est toujours un honneur.

SALMON.

Permettez... permettez...

(A part.)

Je n'ai plus rien à craindre ;
Le marquis est sauvé.

(Haut.)

Je répondrai sans feindre.
Votre cœur maternel se fait illusion,
Et prend pour de l'amour mon admiration.
C'est le seul sentiment qu'on puisse se permettre
Dans l'état secondaire où le sort m'a fait naître.

MADAME DURAND.

Vous, baron !

SALMON.

Baron !... moi ?

MADAME DURAND.

Vous n'êtes pas baron ?

SALMON.

Moi !

MADAME DURAND.

Vous !... Vous m'avez dit...

SALMON.
　　　　　　Je vons ai dit Salmon.

EMMA.
Salmon !

MADAME DURAND.
　　Salmon !

SALMON.
　　　Salmon... de Cognac-sur-Charente,
Intendant d'un baron, trois mille francs de rente,
Sans compter pots de vin, fonds secrets et présents ;
Ce qui fait, au total, deux mille écus par an ;
Voilà tout...

MADAME DURAND.
　　　Mais, monsieur, c'est une chose infâme.
Vous m'avez abusée...

SALMON.
　　　　Ah ! permettez, madame...

MADAME DURAND.
C'est indigne...

LE NOTAIRE.
　　Je crois que je puis m'en aller.

MADAME DURAND.
Un moment.

SALMON, bas à mademoiselle Horlier.
　　Du marquis il est temps de parler.

MADAME DURAND.
J'espère encor, monsieur, que ce n'est qu'une excuse,
Et ne puis concevoir à quoi bon cette ruse.

SALMON.
C'est bien la vérité, parbleu, je vous promets
Que je ne suis baron, ni ne le fus jamais...
Demandez au marquis...

MADAME DURAND.
　　　Quel marquis ?

SALMON.
　　　　　　　　Mais, je pense
Que je n'en connais qu'un de votre connaissance,
Celui de ce matin, monsieur Charle d'Elmas.

EMMA.
Charle !

MADAME DURAND.
C'est un marquis ?
SALMON.
Vous ne le saviez pas ?
EMMA.
Marquis ?
MADAME DURAND.
C'est impossible !
SALMON.
Et d'antique famille !
Mais monsieur prétendait épouser votre fille !
L'impertinent !...
MADAME DURAND.
Pardon... Vous êtes dans l'erreur,
Et si ce cher marquis veut nous faire l'honneur...
SALMON.
Il est parti !
MADAME DURAND.
Comment !
SALMON.
Mais tenez.. cette lettre
Du lieu de son exil vous instruira peut-être.
MADAME DURAND.
Donnez !

SALMON, à Mademo'selle Horlier.
Regarde bien son désappointement.
MADAME DURAND, lisant.
« Vous l'ordonnez, je pars, des larmes dans les yeux !
» Soyez heureuse autant que vous étiez chérie,
» Je cède à la raison, puisque l'amour m'oublie,
» Avec mademoiselle Isaure de Rieux.
      » Dans quelques jours je me marie.
» Charle, marquis d'Elmas. »
(Après avoir lu.)
C'est affreux !
SALMON.
C'est charmant !
MADAME DURAND.
C'est une trahison !

SALMON.

Ah ! plaignez-le, madame...
De douleur il épouse une adorable femme !
Pauvre marquis !

LE NOTAIRE, à Madame Durand.

Je crois que je puis m'en aller.

MADAME DURAND.

Pas encore.

SALMON.

Voyons ! si pour vous consoler...

EMMA.

Ma mère !

MADAME DURAND.

Et qui vous dit qu'on soit si fort en peine ?

SALMON.

Je sais que les maris vous viennent par douzaine ;
J'aurais même voulu vous faire l'amitié
D'être du nombre.

MADAME DURAND.

Vous !

SALMON.

Mais je suis marié !

MADAME DURAND.

Un valet !

MADEMOISELLE HORLIER.

Marié !... l'excuse est adorable.

SALMON.

Elle n'a qu'un défaut, c'est d'être véritable.

MADEMOISELLE HORLIER.

Se peut-il ?

MADAME DURAND.

C'est trop fort !

EMMA.

Quelle honte pour nous !

SALMON.

Oui, marié ! J'en suis aussi fâché que vous !
Mais la loi... demandez à Monsieur le notaire,
S'il sait ce que la loi pense sur cette affaire.

LE NOTAIRE.

Sachez que l'on sait tout, monsieur, dans notre état.

SALMON.

Monsieur, j'ai grand respect pour le notariat,
C'est le plus bel état, monsieur, que je connaisse,
Et je fus petit clerc, monsieur, dans ma jeunesse.

LE NOTAIRE.

Il suffit.

SALMON.

Non, monsieur, non, il ne suffit pas !
Moi, j'aurais outragé le premier des états ;
Un état dont Paris, dont la France s'honore,
Dont vous vous honorez et mille autres encore...
Jamais !.. Quoi de plus beau, de plus patriarcal,
Qu'un notaire entouré de l'amour général,
Qui garde les secrets.. et l'argent des familles,
Qui dîne avec le père et fait danser les filles,
Qui rit au mariage et pleure au testament,
Qui, dans la comédie, arrive au dénoûment !..
Vous le voyez, monsieur, je l'aime et le révère.
Si je n'étais Salmon, j'aurais été notaire !
Mais pardon, il est tard...

(A Madame Durand.)
Pourquoi me retenir ?

MADAME DURAND.

Hein !

SALMON.

Dans quelques moments je vais vous revenir ;
Mon maître est difficile et paie avec largesse,
Que l'on n'épargne rien... Vous, madame l'hôtesse,
Pour traiter dignement le baron de Châtel,
Préparez votre auberge.

MADAME DURAND.
Insolent !

SALMON.
Votre hôtel.

MADAME DURAND.

J'étouffe de fureur...

SALMON.
C'est tout à fait ma tante !

MADAME DURAND.

Sa tante !..

SALMON.

Sans adieu, notaire.

(A mademoiselle Horlier).

Ma charmante,

A bientôt... je rejoins ma femme qui m'attend...
(A Madame Durand)
Très-humble serviteur, Madame de... comment?

MADAME DURAND.

De Sainte-Ursule.

SALMON.

Ah! oui... Durand.

(Il sort.)

MADAME DURAND.

De Sainte-Ursule!..

Tu n'auras pas ma fille, intendant ridicule !

MADEMOISELLE HORLIER.

Le refus est pénible et va le désoler.

MADAME DURAND.

Durand !.. Durand !..

LE NOTAIRE.

Je crois que je puis m'en aller.

MADAME DURAND.

Eh ! mon Dieu, laissez-nous !

LE NOTAIRE.

J'ai de la place vide.

Le contrat est tout prêt si quelqu'un se décide.
(Il sort.)

SCÈNE VI

MADAME DURAND, EMMA, MADEMOISELLE HORLIER.

MADAME DURAND.

Je le crois parbleu bien qu'on se décidera...
Et trop heureux encor le mari qui t'aura !
Des maris, il en pleut... Tu choisiras, ma chère.

MADEMOISELLE HORLIER.
Et vous ferez très-bien de choisir monsieur Pierre.
MADAME DURAND.
De quoi vous mêlez-vous ?
MADEMOISELLE HORLIER.
C'était un bon parti ;
On le regrettera dès qu'il sera sorti.
MADAME DURAND.
Vous croyez ça !
MADEMOISELLE HORLIER.
Mais oui, je le crois !
MADAME DURAND.
Quelle audace !
Si vous dites encore un seul mot, je vous chasse !
MADEMOISELLE HORLIER.
Mais...

MADAME DURAND.
Sortez! de chez moi délogez de ce pas !
MADEMOISELLE HORLIER.
Voyons!... en voulez-vous ou n'en voulez-vous pas ?
MADAME DURAND.
Un homme sans naissance! un homme sans fortune!
Jamais !

MADEMOISELLE HORLIER, à Emma.
Alors, adieu, cousine !
MADAME DURAND.
Hein !

MADEMOISELLE HORLIER.
Sans rancune !
(Elle sort.)

SCÈNE VII

MADAME DURAND, EMMA.

MADAME DURAND.
Enfin, ils sont partis, et je puis éclater...
Crier tout à mon aise...
EMMA.
Et moi, je puis pleurer !

MADAME DURAND.

Cet insolent valet, ce marquis, et ce Pierre,
Ils se moquaient de moi !

EMMA.

C'était de moi, ma mère !
En les voyant partir tous, sans savoir pourquoi,
Un doute, un doute affreux s'est emparé de moi...
De rêves orgueilleux longtemps préoccupée,
J'ai peur... si je m'étais... si vous m'aviez trompée !

MADAME DURAND.

Moi?...

EMMA.

Si tout ce bonheur qui m'attendait un jour,
Ce noble mari, fier de m'offrir son amour...
Ce grand nom, ces honneurs, ces titres, ces richesses
N'étaient qu'un fol espoir et de vaines promesses ;
Si trop d'ambition n'avait droit qu'au mépris ;
Voilà ce qui m'effraie et ce que j'ai compris !

MADAME DURAND.

Mais c'est une folie !

EMMA.

On part, on m'abandonne ;
Et vous me disiez, vous ...

MADAME DURAND.

Que tu serais baronne.
Tu le seras bientôt, peut-être même plus !

EMMA.

Non, assez de grandeurs et surtout de refus !
Charle de ses dédains m'accablait tout à l'heure ;
Je ne l'accuse pas... seulement je le pleure !

MADAME DURAND, voyant Salmon.

Que dis-tu... Mais alors... Encore ce valet !

SCÈNE VIII

LES MÊMES, SALMON.

SALMON, à demi-voix.

Lui-même !... Ce valet... puisque valet il est ;
Ce valet, que tantôt vous désiriez pour gendre...
Ce valet a, Madame, un service à vous rendre.

MADAME DURAND.

Un service?

SALMON.

Très-grand... Avant de vous quitter,
Ce valet avec vous a voulu s'acquitter

MADAME DURAND.

Enfin, Monsieur!

SALMON.

Plus bas !...

MADAME DURAND.

Vous me direz sans doute

De quel droit vous osez...

SALMON.

Plus bas !... on nous écoute.

MADAME DURAND.

Hein ?

EMMA.

Ma mère, rentrons.

SALMON.

Quatre mots et je sors...
Je puis, je dois, je veux réparer tous mes torts.
Votre dîner, Madame, est là... J'ai, quand j'y pense,
Le cœur et l'estomac pleins de reconnaissance !
Pourtant j'ai combattu contre vous, j'en conviens ;
Mais en ambassadeur, en ami, je reviens.
Qu'est-ce que vous voulez? marier votre fille?
C'est le premier devoir des mères de famille !
Je ne puis en cela que vous approuver fort ;
Mais il vous faut des ducs, des princes... C'est un tort.
Donnez à votre fille un bon mari qui l'aime,
Prince ou non, croyez-moi, c'est le meilleur sytème.
Un marquis l'adorait, vous l'avez renvoyé
Pour un baron qui n'est qu'un valet... marié !
Monsieur Pierre pour elle aurait donné sa vie,
Et vous l'avez traité si bien qu'il se marie...
Tout cela pour des gens qui, comme moi, viendront
Rire de vous, et puis, comme moi, s'en iront !
Bref votre fille est fille, après bien du scandale,
Et le sera toujours, si j'en crois la morale ;

Mais la morale a tort... je ne l'aime qu'à jeun ;
Vous cherchez des maris, je vous en apporte un !

MADAME DURAND.

Un mari !...

EMMA.

C'est à moi de répondre, ma mère.
(A Salmon.)
Votre leçon, monsieur, est vraiment bien sévère,
Si jusques à la fin j'ai pu la supporter,
C'est que, la méritant, j'en voulais profiter.
Respectez cependant le malheur qui m'accable,
J'ai déjà trop souffert pour être encor coupable ;
Ma mère s'est trompée en voulant mon bonheur,
Laissez-nous expier une funeste erreur...
Quelqu'un, avez-vous dit, est là qui nous écoute ;
Ce quelqu'un, comme vous, rirait de nous sans doute...
Eh bien, à ce quelqu'un, je réponds comme à vous,
Que personne n'a plus droit de rire de nous...
J'entends que d'un mari jamais on ne me parle...

SALMON, à part.

Pauvre fille !

EMMA.

J'aimais... j'aime encor monsieur Charle.

SALMON, à part.

Bon !

EMMA.

Nul que lui n'aura de place dans mon cœur.
Quant à Pierre je fais des vœux pour son bonheur.

SALMON.

Bien !

EMMA.

En m'abandonnant, comme Charle il se venge ;
Je leur pardonne... adieu.

SALMON.

C'est parler comme un ange !
Mais je ne reçois pas d'aussi tristes adieux.
Séchez, séchez les pleurs qui cachent vos beaux yeux.
Lisette se marie avec le cousin Pierre...
Ce qu'on a fait pour elle, on peut pour vous le faire.

Vous parlez d'abandon... Ah ! cela n'est pas bien !
Monsieur Pierre pour vous est un ange gardien !
Ne lui reprochez pas d'en épouser une autre...
S'il songe à son bonheur, c'est qu'il a fait le vôtre.
Par ce brave cousin à genoux retenu,
Monsieur Charle est parti.... mais il est revenu !

EMMA.

Charle !...

MADAME DURAND.

Le marquis...

SALMON.

Non ! plus de marquis, madame.

(A Emma.)

Charle est là... consentez et vous êtes sa femme.

EMMA.

Se peut-il !

SALMON.

Il se peut !

SCÈNE IX.

LES MÊMES, PIERRE. CHARLE, MADEMOISELLE HORLIER, LE NOTAIRE.

PIERRE.

Emma, rassurez-vous...
Vous l'aimez, il vous aime, il est à vos genoux.

EMMA.

Charle !

CHARLE.

Chère Emma !

MADAME DURAND.
Mais ..

PIERRE, bas à madame Durand.

Silence... elle est marquise !

MADAME DURAND, à part.

Marquise !

SALMON.
Que chacun se marie à sa guise.

(A Charle.)

Votre femme vous aime autant que vous l'aimez !

(A Pierre.)

La vôtre, prenez-la, cousin, les yeux fermés...
Les galants ont voulu papillonner près d'elle ;
Mais tous se sont brûlé le nez à la chandelle.
Elle a ce qu'il lui faut, esprit, grâce, gaîté,
Vertu surtout... vertu, première qualité !
Je réponds d'elle... Allons, vive le mariage !
Il me semble aujourd'hui que c'est un bel usage !
Aujourd'hui...

(A mademoiselle Horlier.)

Qu'en dis-tu, Lisette, d'aujourd'hui ?...
Le soleil d'autrefois pour nous encore a lui.
C'est un jour de bonheur... c'est presqu'un jour de gloire !
Pour que nos descendants en gardent la mémoire
De génération en génération,
Je cours à Paris... j'ouvre une souscription,
J'en garde les trois quarts pour trinquer à ta noce ;
Du surplus je fais faire une médaille en bosse,
Avec ces mots gravés en lettres de couleur :
A Lisette Durand, le baron... de Lafleur !

FIN

www.ingramcontent.com/pod-product-compliance
Ingram Content Group UK Ltd.
Pitfield, Milton Keynes, MK11 3LW, UK
UKHW020938120726
13693UKWH00003B/1399